AF381493

Analyse de l'œuvre

Par Danny Dejonghe
et Noémie Lohay

Elle & Lui

de Marc Levy

Rendez-vous sur lepetitlitteraire.fr et découvrez :

Plus de 1200 analyses
Claires et synthétiques
Téléchargeables en 30 secondes
À imprimer chez soi

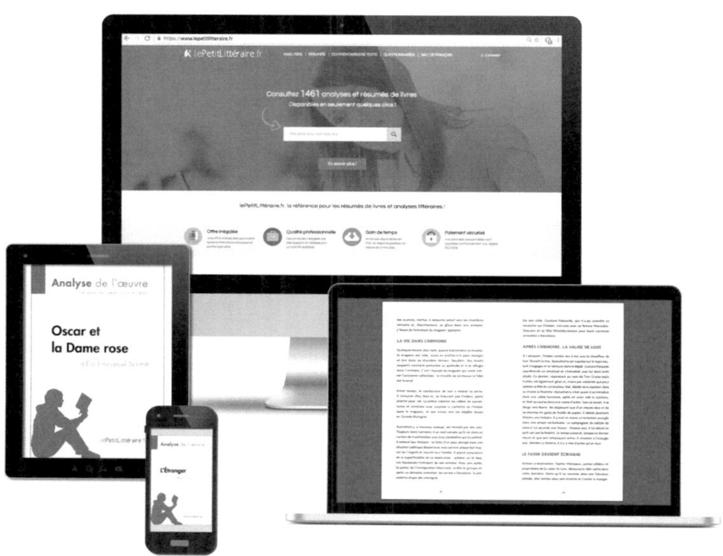

MARC LEVY

ROMANCIER FRANÇAIS

- **Né en 1961 à Boulogne-Billancourt (Hauts-de-Seine)**
- **Quelques-unes de ses œuvres :**
  - *Et si c'était vrai...* (2000), roman
  - *Le Voleur d'ombres* (2010), roman
  - *Un sentiment plus fort que la peur* (2013), roman

À l'âge de 18 ans, Marc Levy commence des études de gestion et d'informatique, tout en travaillant à la Croix-Rouge. En 1983, il crée sa première société spécialisée dans les images de synthèse. Sept ans plus tard, il démissionne pour fonder un cabinet d'architecture.

Il écrit son premier roman, *Et si c'était vrai...*, à l'âge de 37 ans. Véritable bestseller, le livre lance son auteur sur la scène littéraire et médiatique internationale. Depuis lors, Marc Levy se consacre entièrement à l'écriture et publie en moyenne un livre par an. Tous se classent dans le top des ventes et connaissent une renommée mondiale : ses ouvrages sont traduits en 49 langues et se sont vendus à environ 35 millions d'exemplaires.

ELLE & LUI

AMOUR, GLOIRE ET SITE DE RENCONTRE

- **Genre :** roman
- **Édition de référence :** *Elle & lui*, Paris, Robert Laffont/Versilio, 2015, 394 p.
- **1ʳᵉ édition :** 2015
- **Thématiques :** site de rencontre, cinéma, littérature, amour-amitié, les deux Corées, dissimulation

Le quinzième roman de Marc Levy, *Elle & lui*, raconte la rencontre (par le biais d'un site internet) de Mia, une jeune actrice anglaise, avec Paul, un écrivain originaire de San Francisco (Californie). Si leur première entrevue est houleuse, les deux protagonistes finissent par se revoir, multiplient les balades dans Paris et se laissent peu à peu aller à leurs sentiments. Mais leur relation, entre amour et amitié, tiendra-t-elle en dépit du mensonge de Mia au sujet de son identité ?

Si l'intrigue semble se centrer autour de cette

question, c'est pourtant un tout autre problème qui attend le jeune couple à Séoul (Corée du Sud) : Paul, accompagné de l'actrice, découvre que sa traductrice coréenne travestit ses romans pour raconter sa propre histoire, celle du peuple opprimé de Corée du Nord.

RÉSUMÉ

ELLE, UNE ACTRICE ANGLAISE. LUI, UN ÉCRIVAIN AMÉRICAIN

Mia est une jeune actrice de cinéma anglaise mondialement connue. Si elle semble parfaitement heureuse entre sa carrière florissante et son histoire d'amour avec son mari David, acteur également, tout s'effondre subitement lorsqu'elle apprend que celui-ci la trompe. Perdue et profondément triste, Mia est aussi prise au piège par son devoir – que lui rappelle maintes fois son agent, Creston – de conserver les apparences du couple afin de préserver le succès de leur dernier film, qui s'apprête à sortir en salle.

La jeune femme décide de s'installer quelque temps chez son amie Daisy, à Paris, dans le quartier de Montmartre. Tirant parti de son anonymat, elle se met en tête de profiter un peu de la vie parisienne et se promène régulièrement aux alentours de la place du Tertre, où un caricaturiste devient son confident et la conseille dans sa vie amoureuse. Un jour, alors qu'elle utilise l'ordinateur de Daisy pour consulter ses e-mails, elle tombe un peu par hasard sur un site de rencontre et décide de s'y inscrire.

Paul, écrivain américain, est entré dans le métier par un concours de circonstances : c'est son amie, Lauren, qui l'a encouragé à publier le roman qu'il avait écrit sur une impulsion. Son livre rencontre alors un succès qu'il n'aurait pu imaginer. Angoissé par sa soudaine popularité, Paul ne désire plus qu'une chose : devenir invisible. Pour échapper aux multiples sollicitations, il quitte San Francisco pour Paris. Sept ans plus tard, il a publié cinq autres romans qui, étrangement, ne sont appréciés qu'en Corée du Sud. Résidant toujours en France, il vit une histoire d'amour à longue distance avec Kyong, sa traductrice coréenne.

Au début du livre, les deux artistes ne se doutent pas que le destin leur permettra de vivre le grand amour. Avant cela, ils développeront une relation entre amour et amitié, emplie d'ambigüité et d'embuches, entre la découverte de la vérité sur le succès de Paul lors d'un voyage en Corée du Sud, et l'arrivée de David à Paris.

LA RENCONTRE DES DEUX AMIS

Arthur et Lauren, un couple d'amis de Paul, viennent lui rendre visite dans la Ville Lumière. Après une longue balade touristique, le regard des deux jeunes gens est happé par un message publicitaire concernant un site de rencontre. S'inquiétant de voir Paul toujours seul, ils décident de l'y inscrire à son insu.

Arthur envoie alors un message à Mia (prétendument écrit par son ami) en lui expliquant qu'il est écrivain, qu'il est charmé par son métier de cuisinière (profession que la jeune femme s'est inventée) et qu'il souhaite l'inviter à diner pas plus tard que le soir même.

Cela plait beaucoup à Mia, qui répond positivement à la proposition. Si la jeune femme est pleine d'espoir, la rencontre se déroule malheureusement plutôt mal, car les deux comparses n'ont pas mis Paul au courant de la situation (préférant prétexter un rendez-vous d'affaires pour lequel ils sollicitent l'aide de Paul) : Mia croit l'homme complètement fou, puisqu'il ne cesse d'évoquer deux personnes absentes, tandis qu'il pense qu'elle est idiote parce qu'elle ne comprend rien à ce qu'il lui dit. Les choses s'arrangent finalement lorsque Paul reçoit un SMS d'Arthur et Lauren qui l'informe du stratagème.

Le reste de la soirée se passe mieux, et les deux célibataires, ayant chacun une situation amoureuse compliquée, décident d'être amis ; en se quittant, chacun pense cependant ne plus revoir l'autre. Toutefois, un coup du destin les réunit plus vite que prévu : Paul a oublié son téléphone portable au restaurant, et Mia l'a emporté sans s'en rendre compte.

Au fil des jours, les deux nouveaux amis apprennent à se connaitre. Mia lit les romans de Paul, qu'elle trouve dans une petite librairie de Paris. De son côté, Paul n'apprend que de fausses informations au sujet de l'actrice, qui dissimule encore sa véritable identité : elle serait passionnée de cuisine et exercerait la profession de chef dans un restaurant parisien. Leurs rencontres se font toujours d'un commun accord dans la plus grande discrétion.

Pourtant, un jour, Mia demande à Paul de l'emmener dans l'endroit qu'il préfère. Profitant de l'occasion pour impressionner la prétendue cuisinière, ce dernier l'embarque durant la nuit sur le toit de l'Opéra Garnier, ce qui leur vaudra une garde à vue. Chaque rendez-vous se conclut par la fameuse phrase « Ça ne compte pas », comme s'ils reniaient les sentiments qu'ils éprouvent l'un pour l'autre. Pendant ce temps, Paul rédige un nouveau roman ayant pour héroïne une cantatrice dont la vie ressemble un peu plus, au fil de leurs rencontres, à celle de Mia.

LE VOYAGE EN CORÉE DU SUD

Toutefois, le destin vient pour un temps séparer les deux amis : à la demande de son éditeur, Cristoneli, Paul doit se rendre en Corée du Sud pour faire la promotion de ses ouvrages, tandis que Mia repart à Londres avec son mari, David, qui est venu à Paris pour la récupérer. Celle-ci, une fois arrivée à l'aéroport, se rend compte que des paparazzis s'y sont dissimulés pour prendre des photos volées du couple. Percevant ainsi la manigance – les paparazzis n'ont pu être avertis que par David –, elle abandonne son époux et part finalement pour l'Asie avec l'écrivain.

Une fois à Séoul, Paul mène la vie de star que Mia vivait à Londres : dédicaces en masse et interview télévisée avec le célèbre écrivain japonais Haruki Murakami (né en 1949). C'est à ce moment que son voyage prend une tournure inattendue. En effet, un présentateur encense ses romans, qui ont, d'après lui, le courage de décrire les exactions commises contre le peuple nord-coréen ; or ce n'est absolument pas leur objet !

Le lendemain, grâce au petit ami coréen de l'ambassadeur des États-Unis, qui lui raconte le contenu des livres, Paul comprend toute la vérité : Kyong, qu'il croyait être sa traductrice, profite en réalité de ses ouvrages pour raconter sa propre histoire. Elle y témoigne des violences perpétrées par le régime de Kim Jong-un (homme d'État nord-coréen, né en 1983) en Corée du Nord, où elle a grandi avec toute sa famille. Le succès de l'Américain est donc bâti sur un mensonge. Ne comprenant pas comment son ancienne amante a pu profiter ainsi de lui, il décide alors de retrouver Kyong – qui s'appelle en réalité Eun-Jeong – pour obtenir des explications.

Touché par l'histoire de cette Nord-Coréenne, Paul rebondit toutefois d'une manière positive : il réécrit le récit de la traductrice pour le transmettre au public européen. Loué par les critiques et les libraires, son livre connait un immense succès en France, au point qu'il remporte le prix Médicis étranger. Lors d'une ultime interview, il évoque la vérité qui se cache derrière ce roman : la seule auteure à laquelle revient tout le mérite est Kyong, dont il se dit être uniquement le traducteur. Au terme de l'émission, il décide de retourner à San Francisco, ce qui était un projet de longue date.

HAPPY END

C'est à Séoul, au moment où Paul apprend la vérité sur son succès, que sa relation avec Mia connait une subite évolution. Reconnaissant enfin leur amour réciproque, ils finissent par s'embrasser dans l'ascenseur de l'hôtel et par faire l'amour. Le lendemain, la jeune femme disparait, laissant derrière elle un mot encourageant Paul à renouer avec Kyong. Paul repart pour Paris dans le but de la chercher, mais sans succès. En outre, il découvre avec effarement qu'il est en couverture des magazines people aux bras de Mia : il apprend alors son nom de comédienne, Mélissa Barlow.

Un jour, alors que Paul regarde le journal télévisé, il voit Mia faire la promotion de son film, en compagnie de son mari David. Dépité par les propos que tient la jeune femme à son égard – au sujet desdites photos –, il éteint la télévision et se reconcentre sur sa tâche : écrire le roman qui porte sur la vie de Kyong. Entretemps, l'émission se termine, et Mia décide de plaquer sa vie d'actrice. Deux mois plus tard, après la publication de son livre, Paul est invité sur un plateau télévisé pour parler de celui-ci. Toujours amoureuse, Mia ne peut s'empêcher de regarder l'émission et part ensuite retrouver l'écrivain. Après un court échange, le couple s'embrasse et tous deux décident de partir ensemble pour San Francisco.

ÉTUDE DES PERSONNAGES

MIA, ALIAS « ELLE »

Mia est une comédienne anglaise connue sous le nom de Mélissa Barlow et promise à une carrière internationale. Le lecteur a peu d'informations au sujet de son apparence physique. Lorsqu'elle remplit son profil sur le site de rencontre, elle indique seulement qu'elle fait environ 1,75 m. Comme elle souhaite passer incognito, elle remplit peu les catégories à compléter, préférant se moquer des questions. Ainsi, lorsqu'on lui demande son « origine ethnique », elle imagine une réponse ironique : « La Seconde Guerre mondiale ne leur a pas suffi ? » (p. 81)

Quand Mia s'installe chez sa meilleure amie Daisy pour fuir son mari, elle est bien décidée à entamer une vie plus libre, sans les contraintes de son métier d'actrice : « Désobéir est une chose que je n'ai guère eu le loisir de faire depuis deux ans. » (p. 52) Au fil des rendez-vous avec

Paul, elle oublie ses premières impressions et l'apprécie de plus en plus, même si elle nie devant son amie être amoureuse de lui. Si Mia, en quête de liberté, a d'abord pour seul but d'échapper temporairement à sa vie, sans chercher à entamer une nouvelle relation amoureuse, elle se voit peu à peu attirée par Paul, et c'est vers lui qu'elle revient, lui avouant en fin de récit ses vrais sentiments.

Aidée de ses talents d'actrice, Mia s'avère une reine de la dissimulation et de l'adaptation. Elle aime notamment changer sa coiffure pour qu'on ne la reconnaisse pas. Elle le fait d'ailleurs lorsqu'elle s'éloigne de David – devenant brune aux cheveux courts –, puis de Creston – son agent artistique – et de Paul. Mais outre ses changements d'apparence, la jeune femme dissimule surtout sa véritable identité à plusieurs reprises : à Paris, elle prétend être cuisinière auprès de Paul et, lors du voyage en Corée, elle se présente comme l'assistante de l'écrivain afin de rester auprès de lui.

PAUL ALIAS « LUI »

Ancien architecte, Paul Barton est un écrivain originaire de San Francisco. Personnage secondaire dans les romans *Et si c'était vrai...* et *Vous revoir* (2005) de Marc Levy, il est un ami proche de Lauren et d'Arthur, les deux protagonistes principaux de ces livres. Au début d'*Elle & lui*, il vit une relation longue distance avec Kyong, sa traductrice coréenne.

ET SI C'ÉTAIT VRAI...

Et si c'était vrai..., le premier roman de Marc Levy, a pour héros Arthur, un architecte, et Lauren, une jeune médecin. Les circonstances de leur rencontre sont pour le moins particulières : Arthur découvre en effet rapidement qu'il est le seul à voir et entendre Lauren, invisible aux yeux des autres. C'est que Lauren repose en réalité dans un hôpital, plongée dans le coma depuis un accident de voiture... Le roman raconte leur relation particulière. Paul y apparait en tant qu'associé (ils dirigent ensemble un cabinet d'architecture) et meilleur ami d'Arthur ; il l'aide notamment à enlever le corps de Lauren de l'hôpital afin d'empêcher son euthanasie. *Vous revoir* narre la suite de leurs aventures, après le réveil de Lauren, qui ne se souvient alors plus d'Arthur.

Malgré sa solitude, Paul apprécie véritablement sa vie parisienne. S'il a l'apparence d'un homme maussade avec son habitude de marmonner, il se révèle pourtant quelqu'un d'affable et d'altruiste – notamment lorsqu'il fait preuve de compassion pour l'histoire de la Nord-Coréenne –, ce qu'il a tendance à regretter parfois. Néanmoins, il demeure susceptible et rancunier, surtout lorsque ses deux meilleurs amis lui jouent un canular en l'inscrivant sur le site de rencontre.

Écrivain discret et d'« une pudeur maladive » (p. 140), Paul a tendance à stresser à la moindre pression. Ce caractère se manifeste dès le début de l'histoire : Paul ne souhaite pas publier son premier roman, gêné à l'idée qu'un étranger lise sa prose. C'est également le cas lors de son succès fulgurant, puisqu'il fuit cette insupportable célébrité. Et même sept ans après, alors qu'il est totalement oublié du milieu littéraire – excepté en Corée du Sud –, il semble mal à l'aise quand il doit apparaitre dans une rare émission télévisée à Séoul.

Si lors de l'inscription sur le site, son amie Lauren le décrit comme un « [r]omancier, célibataire, épicurien travaillant souvent le soir, aimant l'humour, la vie, le hasard… » (p. 75), ce ne sont pas ces attraits-là qui séduisent Mia. Elle tombe par contre sous le charme du message qu'Arthur lui a envoyé. Lorsqu'elle et Paul commencent à se fréquenter, ce dernier apprécie la compagnie de la jeune femme, même s'il semble quelque peu chiffonné quand il s'aperçoit qu'elle lui ment sur son métier : il se rend compte qu'elle aide simplement Daisy à la mise en place de la salle, et que c'est en réalité son amie qui est la vraie chef. Malgré cela, il n'hésite pas à prendre des risques pour que Mia passe de bons moments en sa compagnie, comme lorsqu'il l'emmène sur le toit de l'Opéra.

S'il se rend initialement en Corée – malgré sa peur panique de l'avion – pour faire le point sur sa relation avec Kyong, avec qui il envisage de s'installer, il finit par réaliser qu'il n'éprouve plus de sentiments pour elle, mais qu'il est en revanche tombé amoureux de Mia. Son retour à San Francisco, accompagné de la jeune femme, lui permettra de supprimer la distance qui le séparait d'Arthur et Lauren, une distance qui lui pesait depuis le début du roman.

DAISY

Daisy est la meilleure amie de Mia, qu'elle a rencontrée en Provence, alors qu'elles étaient enfants. Chef cuistot, elle tient un restaurant de spécialités provençales, appelé La Clamada, dans le quartier de Montmartre.

Dans le contexte du chagrin d'amour de Mia, Daisy joue le rôle de confidente – les deux jeunes femmes ont désormais en commun d'être toutes deux célibataires. Pour combler ses moments de solitude, la restauratrice fréquente régulièrement des sites de rencontre, comme elle le rapporte à son amie : « Je ne suis pas actrice, je n'ai pas d'agent [...]. Depuis ma cuisine, je n'ai pas le profil idéal de la femme désirable. Alors oui, je me suis inscrite sur un site, et oui, j'ai rencontré des hommes par ce biais. » (p. 87)

Si Daisy permet à Mia de prendre conscience de l'amour qu'elle porte à Paul, elle refusera toutefois de cautionner cette histoire, pensant également à la carrière de son amie. Le caricaturiste de la place du Tertre, avec lequel discute parfois Mia, la voit comme « une fille courageuse. Sa cuisine est inventive et pas chère. [...] elle a du caractère » (p. 62) ; il la trouve également ravissante, et la fin du roman laisse deviner qu'ils ont peut-être entamé une relation amoureuse.

ARTHUR ET LAUREN

Arthur et Lauren, les héros de deux autres romans de Marc Levy (*Et si c'était vrai...* et *Vous revoir*), sont des amis de Paul et vivent à San Francisco. Lauren travaille dans un hôpital, tandis qu'Arthur gère l'agence d'architecture que tenait Paul avant de devenir écrivain. Les deux hommes se connaissent depuis l'enfance, et le couple a demandé à Paul d'être le parrain de leur fils, Jo. Lorsqu'ils arrivent à Paris pour rendre visite à leur ami, ils s'inquiètent pour lui à cause de ses habitudes de célibataire. Ils décident alors de l'inscrire sur un site de rencontre, car « quand le destin a besoin d'un coup de pouce, l'amitié exige qu'on lui tende la main... » (p. 68)

Pour Arthur, le sens de l'amitié est très fort, car « le bonheur de son ami d'enfance comptait plus que n'importe quoi d'autre, sans nul doute, il était prêt, pour lui, à tous les sacrifices, y compris de le voir partir au bout du monde » (p. 108), bien que son ami lui manque déjà. Lauren l'encourage également à laisser Paul partir pour la Corée du Sud, car une telle occasion ne se représentera peut-être pas, tant dans sa vie d'écrivain que dans sa vie privée. Une autre preuve de leur profonde affection pour Paul est le fait qu'ils sont les premiers à venir le consoler lorsque Mia disparait.

Néanmoins, Arthur et Lauren n'assument pas toujours leurs actes. En effet, lorsqu'ils se font passer pour Paul afin de lui fixer un rendez-vous avec l'actrice, ils craignent tellement la réaction de ce dernier qu'ils fuient pour Honfleur (Normandie).

CRESTON

Creston, « la cinquantaine, une vraie belle gueule avec une poignée de main à vous briser les phalanges » (p. 365), est l'agent artistique de Mia. Personnage au mauvais caractère, il incarne le stéréotype de l'agent de cinéma qui voit ses intérêts financiers avant de considérer le bienêtre de ses acteurs, dont il semble se moquer totalement. Il laissera par exemple Mia s'enliser dans une situation de couple difficile, au détriment de la volonté de cette dernière, afin d'assurer la promotion de son film. Toutefois, à la fin du roman, on s'aperçoit qu'il apprécie vraiment la jeune femme, qu'il considère comme sa protégée, et qu'il s'inquiète pour elle lors de sa disparition subite.

GAETANO CRISTONELI

Gaetano, l'éditeur de Paul, est un « éditeur aussi rare qu'original. Un homme érudit, passionné par son métier et qui, bien qu'italien, avait jeté son dévolu sur les lettres françaises » (p. 93). À cause de son origine, il commet quelques fautes de français : par exemple, les mots « maginifique » ou « rapatant » (p. 98) ainsi que l'expression « ne pas y aller avec le dos de la fourchette » (p. 346).

Au fur et à mesure du roman, on s'aperçoit que Cristoneli ressemble à Creston : il ne s'intéresse pas aux aspirations de ses artistes, privilégiant son intérêt propre. Il se réjouit ainsi de l'invitation de Paul à une émission télé en Corée du Sud et n'accepte pas que ce dernier la refuse au motif qu'il est trop stressé. Cependant, à la fin de l'histoire, alors que Paul s'attend à un lynchage de sa part tandis qu'il lui avoue l'implication de Kyong dans le succès de son roman, Cristoneli se montre, au contraire, enthousiaste et fier ; il souhaite continuer à éditer l'écrivain malgré tout.

KYONG

Kyong est officiellement la traductrice en langue coréenne des romans de Paul, qui ont un succès considérable dans son pays de résidence, la Corée du Sud. Elle vient à Paris deux fois par an ; elle y développe de petites habitudes et, au fil de ses rencontres avec l'écrivain, devient sa maitresse.

Cependant, elle n'est pas celle que tout le monde croit : on apprend son vrai nom, Eun-Jeong, lorsque Paul découvre la supercherie. Alors qu'elle prétend traduire les romans de l'Américain, elle a en réalité travesti entièrement ses histoires pour raconter la sienne, celle des Nord-Coréens soumis à un régime totalitaire basé sur la terreur.

Simplement évoquée tout au long du roman, sa seule apparition physique a lieu dans la scène de la conférence tenue lors du Salon du livre de Séoul. Les anciens amants se rencontrent alors pour la dernière fois : elle explique à Paul qu'elle a agi ainsi dans le but de faire connaitre les mauvais traitements subis par son peuple et lui avoue avoir eu des sentiments sincères pour lui, malgré le fait qu'elle aime un autre homme, emprisonné en Corée du Nord.

CLÉS DE LECTURE

LE ROMAN CONTEMPORAIN

Auteur francophone le plus en vogue, Marc Levy récolte un immense succès dans le monde à la sortie de chaque nouveau roman. Pourquoi une telle réussite ? L'une des raisons apparait sans doute dans la thématique favorite de l'écrivain : la quotidienneté romancée, c'est-à-dire l'écriture, réaliste, de la vie quotidienne d'êtres humains lambdas.

Cet aspect se retrouve dans la littérature depuis près de deux siècles : en France, les auteurs réalistes de la seconde moitié du XIXe siècle cherchaient déjà à rendre le plus fidèlement possible la réalité. Avec une écriture épurée de tous artifices, des auteurs lettrés tels qu'Honoré de Balzac (1799-1850), Gustave Flaubert (1821-1880), Émile Zola (1840-1902) ou Stendhal (1783-1842) livraient alors des romans relatant la vie du petit peuple avec le regard le plus externe et objectif possible.

Aujourd'hui, la majorité des romans s'attachent encore à décrire le quotidien. Leurs récits se basent sur des intrigues qui comportent volontiers peu de rebondissements et sur des personnages – ainsi que des lieux et, souvent, des époques – qui collent au plus près de notre réalité quotidienne. Pour créer ce type d'histoire, les auteurs puisent généralement leur inspiration dans l'observation du monde qui l'entoure.

Dans une interview, Marc Levy déclare : « Les idées, elles naissent des petites choses de la vie, parce qu'écrire, c'est avant tout aimer, regarder, observer et c'est en observant que des idées vous viennent. » (« 4 questions à Marc Levy », mai 2015, in *youtube.com*) L'auteur semble ainsi directement se rattacher à ce courant contemporain. En effet, dans *Elle & lui*, l'intrigue qui se noue autour des deux protagonistes ne décrit rien d'extraordinaire ; c'est la quotidienneté qui est mise au centre de l'attention. Au-delà de l'histoire d'amour-amitié qui unit Paul et Mia, les évènements qui prennent place peuvent arriver à n'importe qui – les balades dans Paris, les diners au restaurant ou chez les amis, les verres en terrasses, etc.

En outre, l'écrivain prend la peine de décrire au mieux ses personnages et de faire ressortir leur caractère, ce qui les rend attachants et les rapproche du lecteur. Enfin, son style d'écriture, articulé autour de dialogues retranscrits dans un langage simple et accessible, et de messages reprenant les turpitudes de la vie quotidienne, renforce encore davantage cette sensation de réalisme.

La prépondérance des dialogues – rédigés dans un français clair et familier au lecteur – face aux descriptions rend en outre la lecture aisée et fluide ; Marc Levy intègre également visuellement, dans son texte, d'autres formes de communication, telles que les SMS ou les e-mails, donnant ainsi à voir à son lecteur des formats dont il est coutumier et renforçant encore le caractère de contemporanéité de son ouvrage.

UN TÉMOIGNAGE DE LA SOCIÉTÉ ACTUELLE

Dans le monde actuel, la mondialisation est un sujet évoqué dans de nombreuses disciplines, telles que l'économie, la sociologie ou encore la littérature. Cette dernière se fait aujourd'hui l'écho des pratiques modernes qui usent de la technologie comme moyen de communication, qui mélangent les us et coutumes de divers pays, qui témoignent de l'interdépendance entre les nations, etc. En tant que romans contemporains, les livres de Marc Levy n'échappent pas à cette règle. On décèle ainsi dans *Elle & lui* plusieurs éléments :

- **la cohabitation culturelle.** Celle-ci définit le point de rencontre entre des représentants de différentes cultures, lorsqu'ils se reconnaissent en tant que tels et qu'ils ne se rejettent pas. Elle se manifeste dans le roman grâce à la mise en présence de personnages de différentes nationalités, comme Paul le fait d'ailleurs très bien remarquer quand il s'adresse à Cristoneli : « Mon éditeur français est italien, je suis un écrivain américain venu vivre à Paris et mon principal lectorat se trouve en Corée. » (p. 100) ;
- **l'usage des nouvelles technologies.** Celles-ci, qu'elles soient utilisées pour les communications ou pour les transports, sont aujourd'hui devenues indispensables et participent di-

rectement à la facilitation de la cohabitation culturelle. *Elle & lui* décrit un phénomène sociologique qui prend de plus en plus d'ampleur ces dernières décennies : l'utilisation d'Internet pour faire des rencontres (amoureuses ou non). De plus, si la relation de Paul et Mia débute par une conversation sur un site web, elle continue ensuite via des e-mails, puis avec des SMS, introduisant une autre technologie actuelle. À ces allusions s'ajoute également une mise en page particulière du roman. En effet, lorsqu'une conversation via tel ou tel support technologique a lieu, celle-ci prend une forme particulière, de manière à donner l'illusion de l'écran d'un ordinateur ou d'un téléphone portable. Outre la communication, le récit met également en avant les transports, qui deviennent de plus en plus pratiques et permettent de rejoindre en un rien de temps tout point sur la planète ;

- **une légère critique du monde artistique**, dont les travers sont directement incarnés par les agents artistiques de Mia et Paul. De fait, Creston et Cristoneli ne semblent penser qu'à l'intérêt pécuniaire de leurs productions (films et livres) plutôt qu'au bienêtre de leurs collaborateurs. Les désirs des artistes sont parfois étouffés au nom de l'économie qui régit le monde actuel. De plus, dès le début du roman, le lecteur perçoit le malêtre qu'engendre la célébrité. Mia souhaite se défausser d'une carrière et d'une vie d'actrice qu'elle trouve trop contraignantes ; Paul, lui, fuit sa notoriété en France et est en proie à une grande anxiété lorsqu'il doit apparaitre en public.

LA COMÉDIE SENTIMENTALE

Un sous-genre simple

La comédie est d'abord – avec, depuis l'Antiquité, la tragédie – un genre théâtral ; elle vise à provoquer le rire chez ses spectateurs :

> « [Le sens du terme "comédie"] s'est progressivement restreint, surtout à la suite de l'apparition, à la fin du XVIIIe siècle, du drame, un genre "sérieux" marqué par l'émotion et un ton pathétique. Ainsi, au XIXe siècle, l'appellation "comédie" s'applique à des pièces dont le dénominateur commun est le rire, avant de disparaître presque complètement dans le théâtre contemporain, qui répugne à cataloguer les œuvres par genres. » (« Comédie », in *larousse.fr*)

Et si, au XVIIIe siècle, alors que « des tendances nouvelles se font jour » (*ibid.*), on voit la création de « la comédie sentimentale et romanesque avec Gotthold Ephraïm Lessing [écrivain allemand, 1729-1781] » (*ibid.*), aujourd'hui, c'est surtout au cinéma que le genre de la comédie romantique nous est familier.

La trame générale de ce dernier est assez simple et connue d'avance par le spectateur : il s'agit de rendre les deux protagonistes amoureux l'un de l'autre à l'issue du film, leur relation se heurtant généralement d'abord à divers obstacles ; en outre, il convient souvent de rester dans un ton plutôt léger – puisqu'il s'agit bien d'un sous-genre de la comédie. Le genre comporte de nombreux exemples célèbres, tels que *Pretty Woman* (1990), *You've Got Mail* (1998), *Notting Hill* (1999), *The Holiday* (2006) ou encore *L'Arnacœur* (2010).

Un roman comique et sentimental

À l'origine, la comédie sentimentale n'est donc que peu rattachée à la littérature. Il s'agit en réalité d'un genre cinématographique qui raconte des histoires d'amour de manière humoristique : l'écriture de Marc Levy, tissée de riches descriptions de lieux et de protagonistes ainsi que de nombreux dialogues, se rapproche d'ailleurs de l'écriture cinématographique – ce qui rend notamment l'adaptation de ses romans à l'écran plus aisée.

Elle & lui possèdent les deux principales caractéristiques de la comédie sentimentale.

Le comique. La comédie sentimentale – littéraire ou cinématographique – cherche avant tout à amuser et à faire rire son lectorat ou son public grâce à plusieurs techniques, tels que des jeux de mots, des situations incongrues, des gestes déplacés, des répétitions, des personnages stéréotypés, etc. Dans le roman de Marc Levy, plusieurs éléments titillent les habitudes de nos sociétés et livrent des situations burlesques. Ainsi, la description du monde artistique actuel passe notamment par l'attitude parfois grotesque des agents. Des quiproquos à répétition dans la relation de Mia et de Paul font également rire intérieurement, par exemple lors de leur première rencontre :

> « – Elle radote, c'est effrayant, je vais tuer Arthur et le découper en morceaux, je suis trop bon ça me

> *perdra.* [...] Je passe pour qui en face de vous ?
> Un incompétent qui ne connaît même pas son
> dossier ?
> – Parce que je suis un dossier ?
> – Vous le faites exprès ? Pas vous en tant que
> personne, mais ce qui nous amène ici tous les
> deux. [...]
> – Vous vivez avec des fantômes ou ces gens dont
> vous parlez existent vraiment ?
> – *Une timbrée ! Je passe la soirée avec une Anglaise*
> *qui débloque, il n'y a qu'à moi qu'arrive ce genre de*
> *choses.* » (p. 120-125)

En outre, le stéréotype de l'étranger multipliant les fautes de vocabulaire (« Gaetano avait ajouté tant de o à "extraordinaire", que Paul eut le temps de boire son espresso avant qu'il ait achevé de prononcer le mot », p. 95 ; « Vous serez accueilli comme une star, ce sera maginifique », p. 98) esquisse un sourire chez le lecteur.

Le sentimental. Dans les films et les romans de ce genre, l'histoire d'amour entre deux ou plusieurs protagonistes est au centre de l'intrigue. Elle exacerbe généralement l'émotion du lecteur ou du spectateur, n'hésitant pas, parfois, à passer d'une situation comique à un contexte plus sérieux. Dès le titre du roman de Marc Levy, *Elle*

& *lui*, le lecteur s'attend à découvrir une relation amoureuse entre deux personnages. Et c'est bien le cas : si Paul et Mia cherchent d'abord uniquement à être amis, chacun des deux connaissant déjà une situation amoureuse compliquée, le lecteur voit peu à peu évoluer leur relation et leurs sentiments – des sentiments que remarquent des personnages secondaires tels que Daisy, avant même que Paul et Mia n'admettent être amoureux l'un de l'autre.

LA MISE EN ABYME

De l'actrice à la cantatrice

Dans *Elle & lui*, Paul entame un nouveau roman qu'il désire soumettre à Kyong. Ce livre raconte l'histoire d'une cantatrice dont le destin finit par ressembler étrangement à celui de Mia. Nous sommes ainsi face à une figure littéraire particulière : la mise en abyme. Également appelée « effet de miroir » ou « récit au second degré », celle-ci se manifeste aussi bien en littérature qu'en peinture, en photographie ou encore au cinéma. On la reconnait lorsqu'on retrouve au sein d'une œuvre une production de même nature.

Il s'agit, par exemple, d'un tableau représentant l'artiste peignant ledit tableau – comme dans la fameuse représentation des *Ménines* (vers 1656) de Diego Vélasquez (peintre espagnol, 1599-1660). En littérature, la mise en abyme apparait lorsqu'un personnage écrit (ou lit) lui-même un roman évoquant des faits similaires à ce qu'il est en train de vivre dans l'univers diégétique – celui de la fiction.

Ici, le rapport entre Mia et la cantatrice que Paul a fait naitre dans son imagination est un exemple évident de ce procédé : la chanteuse semble incarner le reflet de l'actrice et est destinée à vivre les mêmes évènements que la protagoniste. Par exemple, l'écrivain explique que « [s]a cantatrice a vécu plein d'aventures. Figurez-vous que son ex a refait surface et elle, évidemment, a replongé. » (p. 276) Cet extrait rappelle parfaitement le moment où l'ex-mari de Mia vient la récupérer à Paris. Cet évènement mettant en lien la jeune femme et la cantatrice n'en est qu'un parmi tant d'autres présents dans le roman.

Réflexions sur le métier d'écrivain

L'un des protagonistes étant écrivain, le roman

aborde également ce métier, sous divers angles. Ainsi, face aux préjugés entourant la littérature populaire, divers personnages rappellent l'intérêt de la littérature, et donc des écrivains, au sein de notre société. Lauren affirme ainsi à Paul : « Tu n'es pas Hemingway [écrivain américain, 1899-1961], mais ton histoire peut apporter un peu de bonheur aux gens qui la liront. Par les temps qui courent, ce n'est déjà pas mal. » (p. 39) Mia, quant à elle, s'insurge :

> « Vous trouvez qu'il n'y a pas assez de drames dans la vraie vie, que les gens ne sont pas suffisamment accablés de malheurs, de mensonges, de lâchetés et de mesquineries, vous voulez en rajouter ? [...] Une bonne dose de misère, de sordide, de bassesses à vous arracher des larmes et on crie au génie, mais faire rire et rêver n'est pas considéré. » (p. 152-153)

Si l'écriture est source de bonheurs, qu'il s'agisse de côtoyer ses personnages ou de rencontrer ses lecteurs, *Elle & lui* aborde également certaines difficultés du métier d'écrivain. En effet, l'acte d'écriture est présenté comme étant à la fois intime, l'écrivain livrant une part de lui-même dans ses écrits, et fragile (« C'est fragile, l'écriture, vous n'imaginez pas à quel point. Votre "Ah" peut me coller trois jours de page blanche », p. 150). D'autres préoccupations émergent également lorsqu'il s'agit de narrer une histoire inspirée du réel, sans pour autant le déformer :

> « C'était la première fois qu'il s'aventurait hors du registre de la fiction. Chaque soir devant sa feuille, il n'avait cessé de s'interroger. En était-ce devenu une sous sa plume ? Avait-il trop embelli ou dramatisé son récit ? Il était conscient d'avoir donné chair et âme aux personnages d'Eun-Jeong. [...] Il avait fait ce que doit faire un écrivain quand il s'empare d'une histoire qu'il n'a pas inventée. » (p. 369)

Enfin, le roman aborde également la liberté dont bénéficie l'écrivain, et le côté militant qu'il peut dès lors endosser : « Comme j'envie votre liberté d'écrivain. Vous, au moins, vous pouvez exprimer sans réserve ce que nos obligations diplomatiques nous contraignent à taire. » (p. 322) Ressentant sa prose comme insignifiante au regard de l'histoire de Kyong, Paul décide en effet de s'engager en relatant celle-ci, « seul moyen de se réconcilier avec son métier et sa conscience » (p. 360). Invité à une émission télévisée, il en profite pour dénoncer, soulignant au passage que l'auteur s'efface parfois devant son texte, et que seul compte ainsi le récit :

> « Il n'y a pas de pétrole en Corée du Nord, alors le monde occidental ne fait que peu de cas d'une des plus épouvantables dictatures qui soient. [...] Quant aux droits d'auteur, qu'elle [Kyong] m'avait offerts, je les ai cédés à Amnesty International et à différents mouvements d'opposition à ce régime abominable. [...] c'est un roman qu'ils ont couronné bien plus que l'auteur dont le nom apparaît sur la couverture. Et la seule chose qui compte, c'est le témoignage qu'il nous livre. » (p. 380)

LA CORÉE DU NORD

Le roman évoque les exactions commises en Corée du Nord par la dictature au pouvoir lorsque Paul découvre l'histoire de Kyong :

> « Sa famille vivait dans une misère indescriptible, ainsi que tous les habitants de son village. [...] Les jours de repos étaient consacrés au culte des dirigeants. L'école à laquelle peu d'enfants avaient droit, la plupart devant travailler dans les champs, n'était qu'un outil de propagande [...] Le soir, [le père de la narratrice] enseignait en

> cachette la littérature anglaise à ses meilleurs
> élèves, imposant le difficile et périlleux exercice
> de leur apprendre à penser par eux-mêmes, ten-
> tant de leur inculquer les vertus merveilleuses
> de la liberté. » (p. 325)

Par le biais du récit de Kyong, bien éloigné en réalité du contenu de ses propres romans, Paul découvre ainsi plus en détail la situation du peuple nord-coréen, notamment la répression de la liberté d'expression ainsi que les actes de torture et exécutions commis sur les dissidents (le père de la narratrice) ou les « criminels » (son frère, qui avait volé un morceau de pain pour se nourrir). Paul profitera alors de son séjour en Corée du Sud, puis de l'écriture de son nouveau roman – qui relate l'histoire de Kyong – et de la promotion de celui-ci, pour dénoncer la dictature nord-coréenne et l'indifférence de la communauté internationale.

La Corée du Nord : ## un régime dictatorial

Actuellement dirigée par Kim Jong-un – la dynastie des Kim est à la tête du pays depuis sa fondation en 1948 –, proclamé

« leadeur suprême » en décembre 2011, la Corée du Nord s'est effectivement rendue coupable de nombreuses violations des droits de l'homme : « Camps de travail, exécutions publiques, disparitions forcées, avortements provoqués, famines délibérées, viols, tortures, expériences médicales sur des personnes handicapées » font partie des « atrocités et horreurs imputées au régime nord-coréen par les Nations unies » (ROUSTEL D., « La Corée du Nord, royaume de l'horreur et du sadisme », in *humanite.fr*, 19 février 2014).

De nombreux témoignages ont émergé, généralement d'hommes et femmes qui, à l'image de Kyong, ont réussi à fuir ce régime pour trouver refuge en dehors des frontières du pays. La dictature nord-coréenne est également connue pour ses purges au sein de l'appareil politique du pays, ainsi que ses exécutions au sein même de la famille dirigeante ; les diplomates nord-coréens sont, quant à eux, « généralement contraints quand ils sont nommés à l'étranger de laisser un de leurs enfants au pays, comme "garantie" de leur fidélité au régime » (« Corée du Nord : "Les jours de Kim Jong-un sont comptés" », in *tempsreel.nouvelobs.com*, 26 janvier 2017).

En 2006, Amnesty International rapporte des violations des droits de l'homme, dont la détention de prisonniers d'opinion, mais également des tortures et exécutions, y compris pour des « des personnes accusées de crimes économiques (vol de nourriture, par exemple) » (« Le rapport annuel 2006 », in *amnesty.be*, 23 mai 2006), tandis que les observateurs indépendants se voient refuser l'accès au pays. La situation n'a guère évolué depuis, puisque dans son rapport 2016/2017, l'ONG (organisation non gouvernementale) note :

> « La plupart des droits fondamentaux des citoyens de la République démocratique de Corée (Corée du Nord) étaient toujours bafoués. Des Nord-Coréens et des ressortissants étrangers [tels Frederick Otto Warmbier, un étudiant américain condamné à 15 ans de travaux forcés après le vol d'une banderole de propagande] ont été victimes d'arrestations arbitraires et condamnés à l'issue de procès iniques pour des "infractions pénales" ne pouvant être considérées comme telles au titre du droit international. » (« Corée du Nord 2016/2017 », in *amnesty.org*)

En outre, la liberté d'expression y est extrêmement restreinte, et « jusqu'à 120 000 personnes étaient toujours détenues dans les quatre camps de prisonniers politiques connus du pays, où elles subissaient [...] des actes de torture [...] et étaient soumises aux travaux forcés ; certaines de ces atteintes s'apparentaient à des crimes contre l'humanité. » (*ibid.*)

Elle & lui, qui nous permet de retrouver des personnages du premier roman de l'auteur (*Et si c'était vrai...*), « marque le grand retour de Marc Levy à la comédie » (« *Elle & lui* », in *slog.fr*). Ainsi, tout en profitant de son intrigue pour évoquer la situation du peuple opprimé de Corée du Nord, Marc Levy « nous entraîne dans une histoire d'amour irrésistible et totalement imprévisible » (*ibid.*).

PISTES DE RÉFLEXION

QUELQUES QUESTIONS POUR APPROFONDIR SA RÉFLEXION...

- En quoi ce roman est-il une comédie romantique ? Définissez ce genre et illustrez-le à l'aide de citations tirées du livre.
- Comparez *Elle & lui* avec une autre comédie romantique de Marc Levy. Quelles sont les différences et les similitudes ?
- Dressez l'évolution du personnage de Paul depuis son apparition dans *Et si c'était vrai...* jusqu'à la fin d'*Elle & lui*.
- D'après vous, Mia a-t-elle raison de faire passer son bienêtre personnel avant sa carrière professionnelle ?
- Au fil du roman, les ambitions professionnelles de Mia et Paul semblent s'opposer, voire se contredire. Expliquez cela à l'aide d'extraits du livre.
- Définissez la mise en abyme en appuyant vos propos par des exemples tirés du livre.
- Le roman de Marc Levy traite de la mondia-

lisation que connaissent actuellement nos sociétés. Citez des extraits qui l'illustrent et donnez d'autres exemples auxquels l'auteur n'a pas fait référence.

- Effectuez quelques recherches sur les exactions commises en Corée du Nord. Pensez-vous qu'elles soient suffisamment illustrées dans ce livre ? Argumentez votre réponse.
- D'après vous, la fin d'*Elle & lui* n'est-elle pas trop stéréotypée ? Auriez-vous souhaité un autre dénouement ? Si oui, lequel ?
- D'après vous, pourquoi les œuvres de Marc Levy connaissent-elles un tel succès ? Illustrez votre réponse d'exemples issus d'*Elle & lui.*

Votre avis nous intéresse !
Laissez un commentaire sur le site de votre librairie en ligne
et partagez vos coups de cœur sur les réseaux sociaux !

POUR ALLER PLUS LOIN

ÉDITION DE RÉFÉRENCE

* Levy M., *Elle & lui*, Paris, Robert Laffont/ Versilio, 2015.

ÉTUDES DE RÉFÉRENCE

* « Corée du Nord 2016/2017 », in *amnesty. org*, consulté le 16 octobre 2017. https:// www.amnesty.org/fr/countries/ asia-and-the-pacific/north-korea/ report-korea-democratic-peoples-republic-of/
* « Corée du Nord : "Les jours de Kim Jong-un sont comptés" », in *tempsreel.nouvelobs. com*, 26 janvier 2017, consulté le 16 octobre 2017. http://tempsreel.nouvelobs.com/ monde/20170126.OBS4374/coree-du-nord-les-jours-de-kim-jong-un-sont-comptes.html
* « Elle & lui », in *slog.fr*, consulté le 23 octobre 2017. https://www.slog.fr/marclevy/1/1796/livre/ MARC-LEVY-ELLE-ET-LUI
* Flieder L., *Le roman français contemporain*, Paris, Éditions du Seuil, 1998.

- GOUPIL P., « Corée du Nord : mythes et réalités du dernier pays stalinien de la planète », in *francetvinfo.fr*, 30 avril 2017, consulté le 16 octobre 2017. http://www.francetvinfo.fr/monde/coree-du-nord/kim-jong-il/coree-du-nord-mythes-et-realites-du-dernier-pays-sta-linien-de-la-planete_2161350.html
- « Le rapport annuel 2006 », in *amnesty.be*, 23 mai 2006, consulté le 16 octobre 2017. https://www.amnesty.be/infos/rapports-annuels/Le-Rapport-annuel-2006/Asie-et-Oceanie,1187/article/coree-du-nord
- LEVY M., « 4 questions à Marc Levy », mai 2015, consulté le 16 octobre 2017. https://www.youtube.com/watch?v=N1_OGY3L-Zo
- ROUSTEL D., « La Corée du Nord, royaume de l'horreur et du sadisme », in *humanite.fr*, 19 février 2014, consulté le 16 octobre 2017. https://www.humanite.fr/la-coree-du-nord-royaume-de-lhorreur-et-du-sadisme
- VAREJKA P., « Corée du Nord : les secrets du terrible Kim Jong-un », in *marianne.net*, 18 aout 2017, consulté le 16 octobre 2017. https://www.marianne.net/monde/coree-du-nord-les-secrets-du-terrible-kim-jong-un

SUR LEPETITLITTÉRAIRE.FR

- Fiche de lecture sur *Et si c'était vrai...* de Marc Levy.
- Fiche de lecture sur *L'Étrange Voyage de Monsieur Daldry* de Marc Levy.
- Fiche de lecture sur *Le Voleur d'ombres* de Marc Levy.
- Fiche de lecture sur *Si c'était à refaire* de Marc Levy.
- Fiche de lecture sur *Une autre idée du bonheur* de Marc Levy.
- Fiche de lecture sur *Un sentiment plus fort que la peur* de Marc Levy.

Retrouvez notre offre complète sur lePetitLittéraire.fr

- des fiches de lectures
- des commentaires littéraires
- des questionnaires de lecture
- des résumés

ANOUILH
- Antigone

AUSTEN
- Orgueil et Préjugés

BALZAC
- Eugénie Grandet
- Le Père Goriot
- Illusions perdues

BARJAVEL
- La Nuit des temps

BEAUMARCHAIS
- Le Mariage de Figaro

BECKETT
- En attendant Godot

BRETON
- Nadja

CAMUS
- La Peste
- Les Justes
- L'Étranger

CARRÈRE
- Limonov

CÉLINE
- Voyage au bout de la nuit

CERVANTÈS
- Don Quichotte de la Manche

CHATEAUBRIAND
- Mémoires d'outre-tombe

CHODERLOS DE LACLOS
- Les Liaisons dangereuses

CHRÉTIEN DE TROYES
- Yvain ou le Chevalier au lion

CHRISTIE
- Dix Petits Nègres

CLAUDEL
- La Petite Fille de Monsieur Linh
- Le Rapport de Brodeck

COELHO
- L'Alchimiste

CONAN DOYLE
- Le Chien des Baskerville

DAI SIJIE
- Balzac et la Petite Tailleuse chinoise

DE GAULLE
- Mémoires de guerre III. Le Salut. 1944-1946

DE VIGAN
- No et moi

DICKER
- La Vérité sur l'affaire Harry Quebert

DIDEROT
- Supplément au Voyage de Bougainville

DUMAS
- Les Trois
  Mousquetaires

ÉNARD
- Parlez-leur
  de batailles,
  de rois et
  d'éléphants

FERRARI
- Le Sermon sur la
  chute de Rome

FLAUBERT
- Madame Bovary

FRANK
- Journal
  d'Anne Frank

FRED VARGAS
- Pars vite et
  reviens tard

GARY
- La Vie devant soi

GAUDÉ
- La Mort du
  roi Tsongor
- Le Soleil des
  Scorta

GAUTIER
- La Morte
  amoureuse
- Le Capitaine
  Fracasse

GAVALDA
- 35 kilos d'espoir

GIDE
- Les
  Faux-Monnayeurs

GIONO
- Le Grand
  Troupeau
- Le Hussard
  sur le toit

GIRAUDOUX
- La guerre de
  Troie
  n'aura pas lieu

GOLDING
- Sa Majesté des
  Mouches

GRIMBERT
- Un secret

HEMINGWAY
- Le Vieil Homme
  et la Mer

HESSEL
- Indignez-vous !

HOMÈRE
- L'Odyssée

HUGO
- Le Dernier Jour
  d'un condamné
- Les Misérables
- Notre-Dame
  de Paris

HUXLEY
- Le Meilleur
  des mondes

IONESCO
- Rhinocéros
- La Cantatrice
  chauve

JARY
- Ubu roi

JENNI
- L'Art français
  de la guerre

JOFFO
- Un sac de billes

KAFKA
- La Métamorphose

KEROUAC
- Sur la route

KESSEL
- Le Lion

LARSSON
- Millenium 1. Les
  hommes qui
  n'aimaient pas
  les femmes

LE CLÉZIO
- Mondo

LEVI
- Si c'est un
  homme

LEVY
- Et si c'était vrai…

MAALOUF
- Léon l'Africain

MALRAUX
- La Condition humaine

MARIVAUX
- La Double Inconstance
- Le Jeu de l'amour et du hasard

MARTINEZ
- Du domaine des murmures

MAUPASSANT
- Boule de suif
- Le Horla
- Une vie

MAURIAC
- Le Nœud de vipères

MAURIAC
- Le Sagouin

MÉRIMÉE
- Tamango
- Colomba

MERLE
- La mort est mon métier

MOLIÈRE
- Le Misanthrope
- L'Avare
- Le Bourgeois gentilhomme

MONTAIGNE
- Essais

MORPURGO
- Le Roi Arthur

MUSSET
- Lorenzaccio

MUSSO
- Que serais-je sans toi ?

NOTHOMB
- Stupeur et Tremblements

ORWELL
- La Ferme des animaux
- 1984

PAGNOL
- La Gloire de mon père

PANCOL
- Les Yeux jaunes des crocodiles

PASCAL
- Pensées

PENNAC
- Au bonheur des ogres

POE
- La Chute de la maison Usher

PROUST
- Du côté de chez Swann

QUENEAU
- Zazie dans le métro

QUIGNARD
- Tous les matins du monde

RABELAIS
- Gargantua

RACINE
- Andromaque
- Britannicus
- Phèdre

ROUSSEAU
- Confessions

ROSTAND
- Cyrano de Bergerac

ROWLING
- Harry Potter à l'école des sorciers

SAINT-EXUPÉRY
- Le Petit Prince
- Vol de nuit

SARTRE
- Huis clos
- La Nausée
- Les Mouches

SCHLINK
- Le Liseur

SCHMITT
- La Part de l'autre
- Oscar et la
  Dame rose

SEPULVEDA
- Le Vieux qui
  lisait des romans
  d'amour

SHAKESPEARE
- Roméo et Juliette

SIMENON
- Le Chien jaune

STEEMAN
- L'Assassin
  habite au 21

STEINBECK
- Des souris et
  des hommes

STENDHAL
- Le Rouge et
  le Noir

STEVENSON
- L'Île au trésor

SÜSKIND
- Le Parfum

TOLSTOÏ
- Anna Karénine

TOURNIER
- Vendredi ou
  la Vie sauvage

TOUSSAINT
- Fuir

UHLMAN
- L'Ami retrouvé

VERNE
- Le Tour
  du monde
  en 80 jours
- Vingt mille
  lieues sous
  les mers
- Voyage au
  centre de
  la terre

VIAN
- L'Écume des jours

VOLTAIRE
- Candide

WELLS
- La Guerre des
  mondes

YOURCENAR
- Mémoires
  d'Hadrien

ZOLA
- Au bonheur
  des dames
- L'Assommoir
- Germinal

ZWEIG
- Le Joueur
  d'échecs

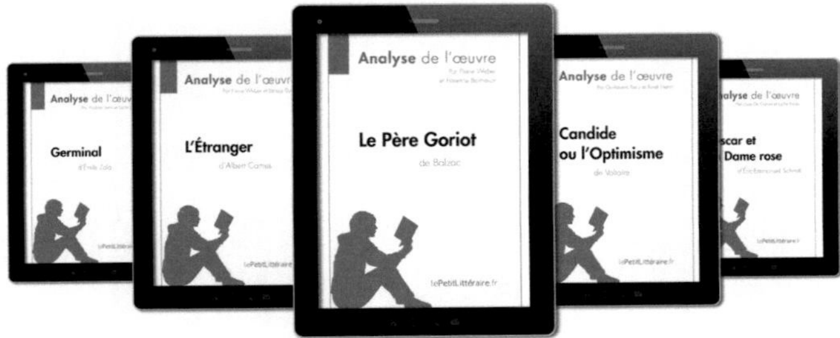

www.lepetitlitteraire.fr

ISBN version numérique : 978-2-8062-6562-3
ISBN version papier : 978-2-8080-6563-0
Dépôt légal : D/2017/12603/853

Avec la collaboration de Noémie Lohay pour les encadrés sur « *Et si c'était vrai...* » et « La Corée du Nord : un régime dictatorial », ainsi que pour les chapitres « Un sous-genre simple », « Réflexions sur le métier d'écrivain » et « La Corée du Nord ».

Conception numérique : Primento,
le partenaire numérique des éditeurs.

Ce titre a été réalisé avec le soutien de la Fédération Wallonie-Bruxelles, Service général des Lettres et du Livre.